TIME FOR KIDS

Trabajadores de mi ciudad

Sharon Coan

Créditos de publicación

Rachelle Cracchiolo, M.S.Ed., *Editora comercial*
Conni Medina, M.A.Ed., *Gerente editorial*
Jamey Acosta, *Directora de contenido*
Dona Herweck Rice, *Realizadora de la serie*
Robin Erickson, *Diseñadora de multimedia*

Créditos de las imágenes: Portada, pág. 1 (frente) ©Don Mason/Alamy, (fondo) ©iStock.com/Beau Meyer; págs. 3, 12 ©iStock.com/Tony Tremblay; pág. 4 Blend Images/Don Mason/Getty Images; pág. 6 ©iStock.com/snapphoto; pág. 7 Holger Leue/Getty Images; pág. 8 ©iStock.com/Susan Chiang; pág. 9 ©Peter Horree/Alamy; pág. 11 ©iStock.com/Peter Macdiarmid; págs. 10, 12, contraportada ©iStock.com/Steve Debenport; todas las demás imágenes de Shutterstock.

Teacher Created Materials
5301 Oceanus Drive
Huntington Beach, CA 92649-1030
http://www.tcmpub.com

ISBN 978-1-4938-3027-5

ciudad

trabajador de la ciudad

trabajador de la ciudad

trabajadora de la ciudad

trabajador de la ciudad

trabajadora de la ciudad

trabajadora de la ciudad

trabajador de la ciudad

trabajador de la ciudad

Palabras para aprender

ciudad

trabajador